De la même Autrice :

Romans grands caractères en **Police 18** :

- **Le Mas des Oliviers**, *BoD*, 2022
- **Le cadeau d'Anniversaire**, *BoD*, 2022
- **Autour d'un feu de cheminée**, *BoD*, 2022
- **En cherchant ma route**, *BoD*, 2022
- **Le hameau des fougères**, *BoD*, 2022
- **La fugue d'Émilie**, *BoD*, 2022
- **Un brin de muguet**, *BoD*, 2022
- **Le temps des cerises**, *BoD*, 2022
- **Une Plume de Colombe**, *BoD*, 2022
- **La dame au chat**, *BoD*, 2022
- **Un secret**, *BoD*, 2022
- **La conférencière**, *BoD*, 2022
- **L'étudiant**, *BoD*, 2022
- **Un week-end en chambre d'hôtes**, *BoD*, 2022
- **L'héritière**, *BoD*, 2022
- **On a changé de patron**, *BoD*, 2022
- **Un automne décisif**, *BoD*, 2022
- **Disparition volontaire**, *BoD*, 2022

***

Romans grands caractères en **Police 14** :

- **BERTILLE L'Amour n'a pas d'âge**, *BoD*, 2021
- **BERTILLE Les Candélabres en Porphyre**, *BoD*, 2020
- **BERTILLE, Les lilas ont fleuri**, roman, *BoD*, 2019
(d'autres parutions à venir... voir le site de l'autrice)

Romans et livres **Police 12** :

- La Douceur de vivre en Roannais, roman, *BoD, 2018*
- Une plume de Colombe, nouvelles, *BoD, 2017*
- New York, en souvenir d'Émile, roman, *BoD, 2017*
- Croisière sur le Queen Mary II, roman *BoD, 2016*
- La Villa aux Oiseaux, roman, *BoD, 2015*
- La Retraite Spirituelle, roman, *BoD, 2015*
- Recueil de (Bonnes) Nouvelles, *BoD, 2014*

***

Aventures Jeunesse (9-14 ans) :

- Farid, la Trilogie, *BoD, 2014*
- Farid et le mystère des falaises de Cassis, *BoD, 2009*
- Farid au Canada, *BoD, 2009*
- Farid et les secrets de l'Auvergne, *BoD, 2009*

***

Thriller religieux :
- In manus tuas Domine..., *BoD, 2009*

Site de l'auteur : www.isabelledesbenoit.fr

© Isabelle Desbenoit, 2022
Édition : BoD – Books on Demand, info@bod.fr
Impression : BoD – Books on Demand, In de
Tarpen 42, Norderstedt (Allemagne)
Impression à la demande
ISBN : 978-2-3224-3716-0
Dépôt légal : mai 2022
Tous droits réservés pour tous pays

ON A CHANGÉ DE PATRON

Isabelle Desbenoit

Notre entreprise a failli disparaître après cent cinquante ans d'existence... Nous sommes une centaine de salariés et nous avons eu vraiment peur. Nous fabriquons des vêtements de bonne facture. Pour permettre à notre entreprise de continuer avec la concurrence des textiles asiatiques ou de pays où la main-d'œuvre est beaucoup moins chère, nous nous sommes spécialisés dans des vêtements professionnels ou haut de gamme. Malheureusement, cela n'a pas suffi et nous avons frisé le dépôt de bilan. Notre patron, arrière-petit-fils du fondateur, était parti en retraite, nous étions vraiment sur la sellette et nous devions absolument avoir un repreneur disposant des fonds pour nous empêcher de sombrer. Nous avons eu la chance qu'une repreneuse se présente, c'était une première, l'entreprise avait toujours été dirigée par des hommes depuis sa création. Pour moi, le leader syndicaliste de la boîte, je me suis donc retrouvé à devoir négocier pour mes camarades avec Madame Juliand...

J'avais alors quarante-cinq ans et je vivais seul depuis trois ans, ma femme m'ayant quitté pour un steward rencontré lors d'un vol de vacances pour l'île de la Réunion. Elle avait obtenu la garde de nos deux enfants âgés alors de onze et treize ans, deux garçons. Je les avais un week-end sur deux et la moitié des vacances comme beaucoup de pères divorcés. Cela avait été un coup énorme pour moi de perdre ainsi ma femme mais je n'avais pas eu le choix. Elle m'avait notamment reproché de ne songer qu'à mon travail et de la négliger. C'est vrai que je me donnais à fond dans mon rôle de délégué syndical tout en assurant mon travail de chef d'équipe. Je n'étais pas très présent à la maison mais je m'étais rendu compte trop tard que cette vie de famille, si précieuse, était à cultiver beaucoup plus et qu'il aurait fallu en prendre soin avec constance. J'avais suivi mon inclination à l'action en privilégiant mon travail et malheureusement je n'avais rien vu venir... Je reconnaissais bien que le manque de dialogue et ma fuite avaient conduit notre couple à n'être qu'une communauté de vie. Alors quand ce Justin, divorcé lui aussi, avait courtisé ma femme, je n'avais eu aucune chance. Je l'aimais malgré tout et je mis beaucoup de temps à remonter la pente. J'essayais, en tout cas, que mes deux fils souffrent le moins possible de la situation et je me mis à m'en occuper vraiment le temps où ils venaient chez moi. Le divorce m'avait au moins fait prendre conscience que mes enfants avaient besoin de moi et que personne d'autre ne pouvait assurer ce rôle de père auprès d'eux. Je mis un point d'honneur à ne jamais dire du mal de leur mère devant eux et à m'entendre avec elle pour leur éducation.

Finalement, j'en arrivais même à me dire que je lui parlais plus à présent que nous étions divorcés que lorsque je rentrais tard du travail et que je m'avachissais devant le premier programme télé venu... Nous prenions maintenant le temps d'aller boire un café ensemble tous les quinze jours pour parler de nos deux enfants et je pense qu'ainsi ils ont moins souffert de notre séparation, j'aime en tout cas à le penser. Je m'astreignais à lire des livres sur l'éducation ou à regarder des conférences y faisant référence en ligne pour progresser dans ma manière de les éduquer. Aloïs et

Antoine semblaient cependant heureux et épanouis. L'aîné, Aloïs, pratiquait le rugby avec passion tandis qu'Antoine, beaucoup moins sportif que son frère, aimait tout simplement jouer avec ses amis et lire. Tous deux travaillaient bien à l'école et je m'efforçais de m'en occuper du mieux que je pouvais lorsque je les avais à la maison. Le reste du temps je me donnais toujours autant dans mon travail, m'occuper des autres semblait la meilleure thérapie pour ne pas me sentir trop seul. Je n'avais pas cherché à refaire ma vie, qui aurait voulu d'un homme qui n'avait pas su s'occuper de l'amour de sa vie au point que celle-ci était partie avec un autre ? Ma confiance en moi en la matière n'était plus du tout au rendez-vous. Les copains de l'usine devenaient un peu ma famille, j'y passais le plus clair de mon temps ; c'était ma vie et eux avaient bien besoin de moi, je portais la lutte en leurs noms pour conserver nos emplois.

Ainsi, lorsque Madame Juliand arriva, nous étions tous curieux de savoir à qui nous avions affaire. En tant que délégué du personnel, elle me reçut en particulier pendant plus d'une heure. Elle avait tout juste quarante ans et appartenait à une famille aisée qui lui avait permis d'investir dans cette entreprise, elle en avait d'ailleurs déjà deux autres.

Notre nouvelle responsable portait un tailleur de bonne coupe et des cheveux mi-longs avec des lunettes carrées. Un visage aussi fin que son corps. Pas très grande mais juchée sur des talons assez hauts, elle avait un regard clair et direct. Mon premier contact ne fut pas vraiment très positif, je la jugeais inexpérimentée et je me demandais bien ce que nous allions devenir. Hormis ses millions, sans expérience dans le domaine et sans connaissances réelles du marché, je me disais que notre sursis serait tout au plus d'une petite année... Elle passa le temps de notre entretien à me poser mille questions et à prendre des notes. Je répondis avec franchise mais la regardais avec un peu de condescendance.

L'entreprise Lourdin avait besoin d'un chef, d'un vrai, et pas d'une midinette qui prenait des notes ! Elle allait voir ce que c'était de s'occuper d'ouvriers et d'ouvrières qui ne lui feraient pas de cadeau... Enfin, pour ne pas inquiéter mes camarades, je gardai mes impressions et leur dis simplement qu'elle avait pris un premier contact et que je ne pouvais pas me prononcer pour l'instant.

Elle passa ensuite quinze jours à travailler elle-même à certains postes de l'entreprise pour mieux comprendre, avait-elle dit. Nous dûmes donc, comme pour une nouvelle ouvrière, lui montrer les machines, lui indiquer les gestes à faire. Tout le monde trouva cela bizarre mais personne ne lui fit aucune remarque, après tout, elle avait bien le droit de se familiariser avec l'entreprise qu'elle avait sauvée de la faillite. Elle tutoyait tout le monde et demandait que l'on fît de même avec elle. Une nouvelle lubie apprise dans les grandes écoles, me dis-je. Pour moi, je refusais, comme certains, de la tutoyer. Un patron reste un patron même si c'est une patronne. Et trop de familiarité ne me semblait pas propre à établir le juste rapport de force de mon activité de délégué du personnel. Je la regardais de temps en temps se mouvoir à pas pressés dans l'usine, c'est vrai qu'elle était mignonne ! Et penché sur une machine à coudre, son cou gracile était des plus charmants. Elle passa ensuite quinze jours avec les collègues des bureaux et fit le tour des tâches, du comptable à la chargée des ressources humaines. Puis, elle réintégra son bureau pour quelques semaines, passant uniquement dire bonjour dans l'usine le matin. Nous étions loin de nous douter de ce qu'elle nous préparait...

Un jour, nous fûmes tous convoqués en réunion plénière, de l'agent d'entretien au plus haut cadre. Comme il n'existait pas de salle de réunion assez grande, nous fîmes la réunion dans l'usine avec Madame Juliand équipée d'un micro et juchée sur les marches qui menaient aux bureaux de l'étage.

— Mesdames et Messieurs, chers collèges, je vous ai réunis cet après-midi pour vous expliquer à toutes et à tous comment j'ai décidé de faire pour que notre entreprise Lourdin, qui est d'abord la vôtre, puisse non seulement se redresser mais grandir en se développant. J'ai passé plus de trois mois à analyser et à comprendre comment vous fonctionnez techniquement, à voir un peu comment humainement aussi cela se passe. Je sais combien vous êtes toutes et tous précieux à l'entreprise, que chacun y a sa place et je ne veux en aucune manière que nous soyons obligés de nous séparer de certains par manque de commandes. Nous devons réussir ensemble !

Madame Juliand marqua une pause dans son discours qu'elle proclamait d'une voix claire et décidée, un peu haut perchée. Elle nous regarda, semblant ménager son effet.
— J'ai pris une grande décision pour que nous nous donnions les meilleures chances

de réussir... Nous allons fonctionner comme une entreprise « libérée » en mettant en place un système de coopération et de responsabilités de chacun qui abolit toute hiérarchie...

Un silence complet suivit : nous étions tous totalement désarçonnés par cette annonce. Les camarades se regardaient les uns les autres sans rien comprendre. Les cadres avaient un air inquiet.

— Je vois que je vous étonne ! reprit Madame Juliand dans un sourire, ne vous inquiétez pas, cette réunion est faite pour tout vous expliquer dans les grandes lignes et nous ferons les choses progressivement. Cette manière de s'organiser existe ailleurs et génère, en général, d'excellents résultats en termes de productivité, bien sûr, mais aussi de bien-être et de satisfaction au travail. En gros, quand nous serons arrivés au bout du processus, nous n'aurons plus de badgeuse, plus de hiérarchie et nous serons tous responsables de notre travail pour pouvoir générer suffisamment de chiffre d'affaires afin de payer nos salaires. Je vous demande de ne pas vous inquiéter, je verrai les unités de production et les services les uns après les autres afin de leur donner toutes les informations concrètes du processus de libération de notre entreprise. Maintenant, je vous laisse retourner à vos postes de travail. Je répondrai à toutes les questions dans les groupes que je réunirai, nous commençons dès demain par l'unité de production de l'aile ouest.

Tout le monde retourna au travail complètement chamboulé. Une entreprise « libérée » ? Nous n'avions jamais entendu parler de cela. Le soir, je rentrais tôt et me précipitai sur mon ordinateur pour y chercher des informations. Moi qui avais fait toute ma carrière en devant me battre contre la hiérarchie pour aider les collègues, je découvrais que des entreprises fonctionnaient sans cadres. J'avoue que je ne dormis pas trop cette nuit-là et que ce fut le début pour moi d'une période excessivement difficile. Deux des cadres de l'entreprise partirent dans la quinzaine qui suivit. Ils ne supportaient absolument pas de devoir descendre de leur piédestal hiérarchique.

Sinon, dans l'ensemble, à part cinq ou six ouvriers et ouvrières qui aimaient être « menés », tout le monde applaudit à deux mains le principe de la nouvelle organisation.

Pour moi, j'allais perdre mon rôle de leader syndical qui est supposé défendre les autres et parler avec la direction puisque dans cette nouvelle organisation, tout le monde était sur un pied d'égalité.

Quand il y aurait un souci, on le résoudrait ensemble par des décisions prises lors de réunions où tout le monde donnerait son avis et où l'on voterait démocratiquement, s'assurant que ceux qui n'étaient pas d'accord y trouveraient quand même leur compte…

Je perdais aussi mon emploi de chef d'équipe puisque les équipes se géraient de manière autonome… Je décidai donc de reprendre un poste technique, derrière une machine et le suivi des commandes de fournitures de mon unité. L'ambiance générale changea vite radicalement. D'autant plus que tous les salaires avaient été remis à plat et décidés en assemblée générale. Les primes que les cadres touchaient avant avaient été réparties sur tout le personnel : de l'ouvrier le moins qualifié à la directrice, à parts égales. Notre bénéfice nous revenait à chacun sans distinction.

Dès lors, tout le monde devenait très consciencieux, motivé et cherchait à ce que l'usine tourne à plein régime. Les commerciaux se défonçaient, certaines unités votaient pour faire quelques heures en plus si une commande urgente arrivait et l'entreprise en un an voyait sa productivité et son chiffre d'affaires augmenter de trente pour cent. Il fallut même embaucher pour faire face aux nouveaux marchés que nous avions remportés. Madame Juliand, que tout le monde appelait maintenant Martine et tutoyait, se donnait à fond, elle aussi. J'aurais perdu l'estime de mes camarades si j'avais avoué que je lui en voulais énormément de m'avoir pris ma vie professionnelle d'avant. J'y étais estimé, on m'admirait d'aller voir le patron sans peur, de lui parler sans prendre de gants. Tout cela était terminé...

De surcroît, comme chef d'équipe, j'avais mon petit pouvoir

sur mes vingt collaborateurs comme l'on disait à l'époque et cela m'était agréable. On me demandait des choses, j'accordais des permissions, je faisais le planning des uns et des autres...

Maintenant que l'on prenait nos décisions ensemble, que les plannings étaient réalisés par les intéressés eux-mêmes, je me sentais mal... Au bout de six mois, l'on avait même enlevé la badgeuse et les horaires étaient libres pourvu que le travail et les objectifs de la semaine soient remplis : quel bouleversement !

Et puis, j'avais un autre problème... Martine était pour moi une source de tourment car elle m'attirait par sa beauté et son panache. Ayant cinq ans de moins que moi, elle avait réussi à mettre tout le monde dans sa poche et à faire changer les mentalités. Elle n'imposait jamais sa vision mais faisait toujours en sorte que toutes les propositions s'expriment. Puis, elle donnait la sienne au même titre que les autres mais, souvent, c'était cette dernière qui était retenue, elle avait une manière si argumentée de nous la présenter que l'on devait souvent reconnaître qu'elle avait raison.

Je l'aimais en secret et je la détestais à la fois pour ce qu'elle m'avait pris. Je devins « taiseux » moi qui avais d'habitude un petit mot pour chacun, qui faisais rire les autres, je me concentrais sur mon travail et n'avais plus le cœur à plaisanter avec mes collègues. En réunion, je votais comme tout le monde mais ne participais qu'au minimum. Au début, les collègues m'avaient un peu taquiné puis ils m'avaient laissé tranquille, occupés qu'ils étaient à produire mieux et plus, sachant que leur portefeuille s'en porterait toujours mieux. Ils n'avaient plus besoin de moi. Les autres anciens chefs d'équipe semblaient avoir tout à fait bien digéré le changement et les cadres aussi, ne sentant plus le poids de la responsabilité peser trop lourdement sur leurs épaules puisque la « pression » était répartie sur tout le monde. Ainsi, il m'apparaissait qu'il n'y avait que moi qui vivais mal la nouvelle organisation et, orgueilleux comme je l'étais, je faisais en sorte que personne ne s'en doute. J'étais comme une cocotte-minute sous pression, je faisais des rêves récurrents qui viraient au cauchemar. J'y étranglais Martine et me retrouvais en prison pour le restant de mes jours tandis que toute l'usine suivait le corbillard en pleurant. C'était à peu près toujours un peu ce scénario avec des variantes, je la noyais tandis que nous nagions tous deux nus dans un lac, je fonçais sur sa voiture qui arrivait en sens inverse...

Et ce qui devait arriver, arriva... La cocotte-minute explosa un soir de mai, alors que Martine s'attardait dans la salle de réunion où je rangeais seul le rétroprojecteur. Martine voulu m'aider car je n'arrivais pas à replier l'écran dont le mécanisme était coincé. Sans pouvoir me contrôler, je fis un geste violent envers elle en la repoussant et j'éclatais :

— Mais enfin tu vas arrêter de me prendre mon boulot ? Tu m'as déjà pas assez volé comme cela ma vie professionnelle que j'aimais, tu m'as tout pris et tu veux encore m'aider ?

S'ensuivit une tirade d'une dizaine de minutes où je hurlai plus que je ne parlai et où je déversai ma haine accumulée depuis tous ces mois. Je fus comme hors de moi alors que d'habitude, je suis quelqu'un qui sait tenir ses nerfs et je la traitai de tous les noms d'oiseaux que je connaissais. Martine, pendant tout mon « pétage de plombs » comme l'on dit familièrement, se tenait debout devant moi, comme pétrifiée. Ma chance fut que tout le monde était en train de fêter un de nos collègues qui partait à la retraite à l'autre bout de l'usine, sous le préau, où un buffet avait été dressé. Personne n'entendit donc ces paroles si blessantes que j'adressais à celle qui avait redressé et sauvé notre entreprise. Je crois que si quelqu'un avait pu m'entendre, je ne m'en serais jamais remis.

À cette violence verbale succéda un abattement qui fit que je me tus, je m'assis sur la première chaise venue et la tête dans mes mains, je me mis à pleurer à gros sanglots, comme un gosse. Je réalisais petit à petit ce que j'avais fait et je compris que j'avais commis l'irréparable. J'allais être viré et me retrouver sans travail à quarante-six ans... Et cela par ma faute. J'étais tellement dans ma propre douleur que je n'avais même pas l'idée de comprendre le mal que j'avais commis auprès de celle que je trouvais si belle et que j'admirais en secret.

Plusieurs minutes passèrent sans doute ainsi et soudain je sentis derrière mon dos que quelqu'un m'entourait de ses bras. Martine approcha tout doucement sa tête de la mienne et mit sa joue contre une de mes mains qui cachaient mon visage. Cela eut pour effet de stopper ma crise de larmes et de me tétaniser, je n'osais littéralement plus bouger. Mon désordre émotionnel était à son comble et, dans le même temps, j'aurais voulu que cet instant dure toujours. Martine me prit alors doucement les mains qu'elle enleva de mon visage puis m'embrassa doucement sur la joue. Je me levai et sans la regarder dans les yeux, j'avais tellement honte, je la pris dans mes bras où elle se lova en me serrant très fort. Je ne sais combien de temps nous restâmes ainsi et je ne pus que lui murmurer un seul mot « pardon ». Ce à quoi elle me répondit en m'embrassant avec fougue. Nous entendîmes des pas qui s'approchaient soudain et une voix qui criait : « Martine, Éric ? Où êtes-vous ? » Martine me murmura : « ce soir, chez moi » et se détacha vivement. J'eus le réflexe de me remettre à essayer de fermer l'écran. Notre patronne alla au-devant de Sylvain, un des nouveaux recrutés que l'on avait envoyé pour nous chercher. Elle dit d'un ton très naturel :

— Oui, Sylvain, j'arrive, je finissais de ranger la salle avec Éric, je viens avec vous, Éric nous rejoindra dès qu'il aura fini.

Dès qu'elle se fut éloignée avec le collègue je me précipitai dans les toilettes qui jouxtaient la salle de réunion et me passai longuement de l'eau sur le visage. Mes yeux étaient rouges et je décidai de gagner mon bureau afin d'y chercher mes lunettes de soleil. Personne n'y trouverait à redire puisque le pot de départ avait lieu sous le préau et que la luminosité pouvait me gêner.

La fin de journée se déroula comme dans un brouillard, je parlais à mes collègues mais je n'étais pas là. Je partis dès qu'il me fut possible de le faire. Je me douchai longuement et revêtis ma plus belle chemise puis je passai au centre-ville où j'achetai un énorme bouquet qui me coûta une petite fortune. La fleuriste me demanda si elle devait mettre un mot, je lui expliquai que je prenais la petite carte et que je la mettrais moi-même. « Vous comprenez, ma mère a quatre-vingts ans demain, cela se fête », lui dis-je. Je ne sais pourquoi j'éprouvais le besoin de me justifier auprès de cette commerçante, c'était parfaitement inutile mais bon, je n'assumais pas. Dans ma voiture, je pris le temps d'écrire, en tremblant un peu : « *Martine, je te demande pardon, je t'aime.* » Je pris la route ensuite, je savais où Martine habitait, elle m'avait demandé de la déposer une ou deux fois alors que sa voiture était au garage. Une grosse maison un peu isolée, une ancienne demeure bourgeoise bien rénovée.

C'était il y a deux ans déjà, nous passâmes la soirée la plus délicieuse qui soit autour d'un repas que Martine avait commandé au meilleur traiteur de la ville. Martine n'aimait pas cuisiner et n'en avait jamais le temps. Elle m'avoua qu'elle était tombée amoureuse de moi au premier regard, que ma silhouette solide et mes yeux sombres l'avaient ensorcelée selon ses propres mots. Je ne m'étais évidemment aperçu de rien, occupé que j'étais à digérer les changements qu'elle avait imposés.

Serrés dans les bras l'un de l'autre sur le canapé après avoir dégusté l'excellent dîner, je lui fis, quant à moi, la confidence que j'avais été un très mauvais mari en privilégiant mon travail et que je ne me sentais pas capable de rendre heureuse une femme quand bien même j'étais si amoureux... Mais Martine balaya d'un revers de main cet argument en me disant que nous travaillions ensemble et qu'elle me verrait ainsi toute la journée !

Les choses se firent assez vite, un mois après notre rapprochement, je l'invitais à déjeuner pour faire la connaissance de mes deux ados. Le courant passa entre eux et Martine leur expliqua sans détour qu'elle ne voulait en rien remplacer leur maman mais surtout être l'amoureuse de leur papa. Aloïs et Antoine semblaient même soulagés que je leur présente enfin quelqu'un.

Depuis, nous avons pris nos marques. À l'entreprise, nous nous sommes cachés quelque temps puis nous avons fait notre « *coming out* » lorsque nous avons été sûrs que notre histoire allait continuer. Nous sommes heureux même si nos tempéraments bien trempés font que nous avons dû apprendre à nous comprendre en parlant beaucoup. À l'usine, ma fierté d'être le compagnon de Martine est là, je la garde secrète mais j'ai retrouvé mon caractère avenant et suis épanoui de nouveau. La vie est si curieuse, elle nous réserve tellement de surprises ! Comment aurais-je pu imaginer un tel bonheur ? Finalement, la libération de l'entreprise a été aussi la mienne !

Vous avez aimé ce roman ?
Vous aimerez...